AF596337

ODE
A MONSEIGNEVR L'ILLVSTRISSIME ET REVERENDISSIME CARDINAL DE SOVRDIS, ARCHEVESque de Bourdeaux, Primat d'Aquitaine,

VR La Fondation de sa Chartreuse embelissement de son Palais Archiepiscopal & Marez d'entredeux.

Par M. F. de Rocquéte le Pere Aduocat au Parlement de Bourdeaux.

A BOVRDEAVS
PAR GILBERT VERNOY

M. DC. XX.

ODE

A Monseigneur L'illustrissime & Reuerendissime Cardinal de Sourdis, Archeuesque de Bourdeaux, Primat d'Aquitaine,

SVR la fondation de sa Chartreuse, embelissement de son Palais Archiepiscopal & Marez d'entre deux.

Strophe

PRINCE de l'Eglise Romaine,
Primat illustre d'Aquitaine,
Pasteur du Bourdelois troupeau,
Puis que les Muses tu réueilles
Par tes estonnantes merueilles,
Tu ne dois craindre le tombeau:
Car quand elles se voudroient taire,
On verroit dans l'Eternité

Ce que le grand Sourdis ſçait faire
Pour orner la poſterité.

ANTISTROPHE.

Heureux le vieux Aeacide,
Et le vieux Anchiſien:
L'vn triomphe en l'AEneide,
Et le Colophonien
Chante a l'autre vne Iliade:
Mais ces chantres font parade,
Non tant de l'œuure entrepris,
Que de leurs rares eſpritz.

STROPHE

Eſpritz diuins, qui d'vne mouche
Faiſoient vn Elephant farouche,
Induſtrieux a deguiſer,
Puiſſans a feindre toutes choſes,
Tourner tout en Metamorphoſes,
Et les hommes diuiniſer,
Non par le prix de leurs merites:
Ains par vanité de leurs chants,
En choſes grandes ou petites,
Rien que leur gloire ne cherchans.

ANTISTROPHE.

Les tiens, Prelat venerable,
N'iront iamais ſi auant.

Qu'à l'Histoire veritable
Ne demeure le deuant:
Chantres gardés la franchise:
Car recherchant la feintise,
Vous deroberies l'esclat
Au lustre de ce Prelat.

STROPHE.

L'aues vous ouy dans la Chaire
Preschant quelque diuin mystere?
L'auez vous ouy discourir.
Comment ses brebis doiuent viure?
Quel chemin elles doiuent suiure.
Pour bien & saintement mourir?
L'aues vous veu tenir la voye,
Qu'il va monstrant à son troupeau,
Afin que nul ne se fouruoye,
Luy mesme portant le flambeau?

ANTIST.

Chantés ces rares exemples,
Dignes de vos doux fredons,
Et s'ils ne sont asses amples,
Ne vous amusez aux dons
Ni du corps, ni de fortune:

La cresme du lot quil prit.

STROPHE.

Sy la guerroyante tempeste
Menasse du peuple la teste,
(François ne l'auez vous pas veu?)
Ce bon Prelat remply de zele,
N'attant que personne l'appelle,
Dés quil a l'orage preueu,
Il prie & court pour la bonnasse,
Fleschit le Prince & les subjetz,
Sans le Prelat quand Dieu menasse,
Nous serions soudain naufragez

ANTIST.

Le bon Prelat tutelaire,
Comme luy, de sa Cité,
Ne l'ogeant qu'a luy bien-faire
Toute sa felicité,
Iour & nuit veille pour elle,
Et comme Pasteur fidelle,
La deffend contre les loups,
L'orne comme son espoux.

Strophe.

Sourdis fit vn iour sa reueue,
Trouua sa Cité mal pourueue,
Y redoubla la garnison

De mainte & mainte morte paye:
La Charité qui les deffraye,
Les tient veillans en l'Oraison,
Armés du Ieusne & du cilice,
Heureux le Citoyen qui dort
Soubz la faueur de cet auspice,
Heureux le guet, heureux le fort.

Antist.

Mais en vain la Cité garde,
Qui a les traistres dedans:
Sourdis qui a tout regarde,
Soupçonne les trafiquans,
Et bannissant le commerce,
Qui dans son troupeau s'exerce.
Remet au Pasteur son bien,
Laisse au prophane le sien.

Stroph.

P[illegible] ne laisser en arriere
D'vne preuoiance guerriere,
Sourdis establit au dehors,
Vers le midy, d'où vient la Beste,
Non guere loing, vne eschauguette
Pour rompre ses premiers efforts:
La Cité ne sera surprise
Soubz vn si vigilant Prelat:
O, si Dieu tant te fauorise,

Bourdelois ne luy sois ingrat.

Antist.

Mais ô, remonte ta lyre.
Ma Muse, & hausse le son:
Pour l'Espouse ie desire
D'acheuer cette chanson:
Sourdis qui la rend si belle,
Permettra bien que pour elle
Ie face icy retentir
Tant de beautez sans mentir,

Stroph.

Voyez ce Palais magnifique,
Mais souuenez vous de l'antique:
Les Roys y logerent jadis
Pour l'honorer de leur presence:
Maintenant c'est resiouyssance
De voir l'ouurage de Sourdis,
Et les Rois mesme le desirent:
Pource que Sourdis leur fait voir
Tout ce que les hommes admirent.
Au dessoubz du Royal pouuoir.

Antistrophe.

L'homme [illegible],

Mais leur donne authorité:
Les rides sont venerables:
Les nouueautez agreables,
La rose est belle au matin,
Le vespre tend au declin.

Stroph.

Naguere nostre ieune Auguste,
Tige des saincts, Louis le Iuste,
Des Espagnes fut desiré:
Pour renoüer les alliances,
Il quitta les magnificences
De son Louure tant admiré,
Et nostre Palais eut la gloire
De cet hymenée Royal:
Ternira-t-il point la memoire
Du Louure & de l'Escurial?

Antist.

Mais o palais, ce grand Prince
Te visite de-rechef:
Il entre dans la Prouince,
Les lauriers dessus le chef,
Et t'apporte les Trophées
Des reuoltes dissipees:
Car aussy-tost qu'il les vit,
Sa presence les desfit.

Strophe

VoyeZ cés vieux Amphitheatres:
Voyez ces ſourcilleux Pilaſtres,
Ouurage antique des Romains,
Dont Bourdeaux fait la glorieuſe,
Eſt-ce choſe ſi precieuſe?
Non: l'Empire donne les mains.
Ainsi maintefois la puisnée,
(Bourdeaux & Rome furent ſeurs,)
Eſt plus belle que ſon aiſnee
Et les derniers fruits les meilleurs.

Antiſt.

Rome n'eſtoit qu'un briquage,
Artiſtement arrengé
En mainte ſorte d'ouurage:
Mais tout en marbre changé
Par Auguſte, qui fit gloire
De ce ſoing, que la memoire
De Sourdis hontoyera:
Car ſon Palais il dora.

Strophe.

Il faut cedder aux galleries
Des orgueilleuzes Tuilleries,
Car les hommes cedent aux Dieux:
Celle de mon Prelat n'eſgale
La magnificence Royalle:

Mais j'appelle a tesmoin tes yeux,
En ont-ils veu d'autre pareille,
Qu'autre non souuerain ait fait?
Non: qui ne cherche la merueille,
Qu'en ce que l'industrie sçait.

Antist.

Si mon Prelat se surmonte,
Et que j'en veuille parler,
Ne dites pas que j'en conte:
Mais suiuez, il faut aller
Voir cette nouuelle terre,
Ce delectable parterre:
Vous pourrez aprez sçauoir,
Iusques où va son pouuoir.

Strophe,

Icy toute l'architecture
Donne les mains a la nature:
Nature a ce digne Pasteur
Par force ou par amour les donne.
Sus donc amis, qu'on le couronne:
Le lieu recognoist son Autheur:
Mille & mille fleurs diaprées
En festons diuersifiéz,
Se presentent emmy ces prées
Pour joncher la voye a ses piedz

Antist

Dieu, quelle Metamorphose
Qu'vne ſi rare beauté
Soit ſi promptement eſcloſe
D'vne immunde ſaleté!
Quelque Nymphe croupiſſante
Dans cette mare gluante,
Enfanta ce Paradis
Des œuures du grand Sourdis.

Strophe.

Quand j'entre en ces Paradromides,
Ie cherche les ſeurs Aônides:
Car c'eſt icy leur vray ſejour:
Ie cherche le Paſteur d'Amphriſe:
Mais de quelque part que je viſe,
I'apperçoy des Graces la cour:
C'eſt le ſiege de leur Empire:
Car en mille & mille recoinz.
Où la beauté du lieu m'attire,
Ie voy tout marqué de leurs coins,

Antist

La longueur du chemin laſſe,
Qui tout voir eſt curieux:
Mais la volupté delaſſe,
Quand le chemin plaiſt aux yeux

Tu verras icy les Cignes,
Qui dans ces eaux cristalines
Chassent pour te contenter,
Plus que pour se sustanter.

St. ophe.

Poussez auant vos promenades.
Ie voy que les Nimphes Dryades
Sortent du boccage prochain,
Pour jouir de ces aoux delices.
Leurs ordinaires exercices
Saluës les d'vn baise-main:
Elles vous rendront la pareille,
Quand vous visiteres leur bois,
Sy quelque nouuelle merueille
Ne leur fait perdre icy la voix.

Antilt.

Mais ò blandissantz feuillages,
Vous ozeray ie bl.smer
De vos verdoyantz ombrages,
Ou plustost vous en aymer?
Vous ressemblez a la nuë,
Qui nous desrobe la veüe
Du Soleil, mais nous def. nd,
De la chaleur qu'il respend.

Strophe

Voyés la fierté de ces fresnes,
Qui brauent les pins & les chesnes:
Voiés ces rangées d'Ormeaux,
Ces Psycomores, ces Erables
De tous costés inseparables,
Ombrageant la Terre, & les Eaux
Du long, main a main ilz se tiennent,
Et courbant le chef des deux partz,
Amoureusement s'entretienent
Par mille baisers fretillardz.

Antist.

Qu'onques ces baisers ne cessent:
Car tandis qu'ils dureront,
Soubz les berçeaux qui s'y dressent,
Les Nymphes s'égayeront:
Ces balustres crenellées,
Riche ornement des allées,
Les separent des ruisseaux,
Sans couurir l'aspect des Eaux.

Strophe

Mais ains que ce plaisir finisse,
Voyons ce superbe Edifice,
La merueille de nostre temps:
O merueille, que tu ez grande,
Icy faut-il que ie me rende:

Car rien que honte ie n'attens
De t'entreprendre en ce Cantique,
Ouurage si court & si bas:
Toute l'Iliade homerique
A l'œuure ne suffiroit pas:

Antist.

Que le vieux Memnon se cache,
Et que la posterite,
Qui lira cet Hymne sçache
Que Sourdis l'a surmonté:
C'est icy que la richesse,
La pieté, la largesse,
L'vne l'autre releuant,
Concertent pour le deuant.

Strophe

Pour entreprendre vn grand ouurage,
Il faut auoir vn grand courage,
Et la piété le fournit:
La richesse fait la despence:
Mais en vain l'ouurage commence,
Qui l'auarice ne bannit:
Tel fut Sourdis, l'œuure le monstre,
Il n'en fault point d'autre tesmoing:
Heureuse cent foys la rencontre,
Quand le pouuoir respond au soing.

Antistrophe

Tu vois la Mer pacifique:
Mais tu verras maint combat
De mainte bande aquatique,
Si tu leur iettes l'appast:
Chacun chocque pour la gloire:
Et l'honneur de la victoire
Despend d'emporter le pain,
Que leur disperse ta main.

Sttophe

Voy le nourrisson de Silene,
Que Sourdis a mis à la chaine,
Il fait gloire d'estre cloistré
Dans le pourpris de ceste enceinte,
Et dans ceste douce contrainte
Ne s'estime si desastré,
Que dans sa liberté premiere:
O heureuse captiuité!
La Liberté n'est prisonniere,
Seruant à la Diuinité.

Antistrophe

Mais sortés, Ames deuotes,
Faites place aux curieux,
Qu'ils voyent vn peu vos grottes:
Non: ils seroient enuieux

De vos saintes maisonnettes
Pour estre ce que vous estes.
Et n'y a plus de Sourdis
Pour bastir des Paradis,

Strophe

Ie me pers lors que ie contemple
Ce sainct & magnifique Temple:
Suffit de baizer ses Autels:
Laissons ces colomnes D'oriques,
Corinthienes, iôniques,
Plinthes, Bozelz, Contre-bozelz,
Frizes, architraues, Corniches,
Cymaises, Bases, Chapiteaux,
Ouurages plus beaux, & plus riches
Que les plus riches & plus beaux.

Antistrophe

Que ne suis-ie vn Polyclete
Vn Lysippe, ou Phidias?
Ma Muse n'est pas muette,
Mais elle ne comprend pas
Tant de rares artifices
De tant de grandz Edifices,
Ny tant d'embelissemens,
Effray des entendemens.

Icy void on que la cheuance
La largesse & magnificence
Est vtile à gagner les cœurs:
Ainsy capta la populaçe
Auguste & plusieurs a sa trace:
Sourdis va captant les faueurs
Du Ciel auprix de sa richesse:
Mais helas! qui limitera?
Car j'ay grand crainte, s'il nous laisse,
Qu'à soy l'eschelle il tirera.

Antistrophe

Vous, disciples d'Harpocrate,
Puis que vous estes muetZ,
N'ayes aumoins l'ame ingrate:
Car vous aueZ les souhaitz:
ImitéZ le Chœur des Anges,
Qui entonnent les l'ouanges
De leur benin Createur
Auec l a langue du cœur.

Strophe

Viués, o trouppe bien heureuse:
Iouissés de cette Chartreuse,
Et vous ressouuenés de nous:
Soignès ces Pauures miserables:
Sy vous leur estès charitables,

Ils veilleront aussi pour vous:
Sourdis les a mis à la porte
Pour la garde de la Maison:
O Dieu! combien la place est forte,
Quand Dieu mesme est en garnison.

Antist.

MERE de Misericorde,
Entre en ton Gouuernement,
Et nous fais viure en concorde
Soubz ton Saint commendement:
Mais sur tout sois fauorable
A ce Prelat venerable,
Oy ceux qui t'inuoqueront,
Et ton Sainct nom beniront.

www.ingramcontent.com/pod-product-compliance
Lightning Source LLC
LaVergne TN
LVHW052037160826
845678LV00003B/1396

* 9 7 8 2 3 2 9 6 3 4 5 5 5 *